L'AMANT STATUE,

PIÉCE EN UN ACTE,

MÊLÉE D'ARIETTES,

Par M. GUICHARD.

Représentée pour la premiere fois à l'Opéra-Comique, sur le Théâtre du Fauxbourg Saint-Laurent, le Samedi 18 Août 1759.

Prix de 24 sols.

A PARIS,

Chez { DUCHESNE, rue S. Jacques, au Temple du Goût.
CAILLEAU, Quai des Augustins, à S. André.

M. DCC. LIX.

La Musique est de M. DE LUSSE, & se trouve aux Adresses ordinaires.

PRÉFACE.

LA Féerie eſt un nouveau genre de Drame, dont nous ſommes redevables à M. de *Saint-Foix*. Malgré les petites rumeurs de quelques Beaux-eſprits de nos jours, gens ſublimes, gens au-deſſus de tout, qui penſent avec l'*Impertinent*,

Que *l'admiration eſt le ſtyle des ſots*,

Malgré leur ton de juge, à ſoutenir que ce n'eſt point un genre, ou que c'en eſt un mauvais, l'*Oracle* & ſur-tout les *Graces* n'en feront pas moins d'impreſſion ſur une ame délicate.

J'ai tort de rappeller ces deux Piéces : la mienne en eſt ſi éloignée ! Je ſuis au reſte dans le cas de tous les Imitateurs : on chérit *Regnard* ; le chérit-on autant que *Moliere ?* On rend juſtice à la *Zénéïde* de M. de *Cahuſac ;* mais quoiqu'elle ait pour elle le charme des vers, l'*Oracle* de M. de *Saint-Foix*, par ſa proſe auſſi naturelle que voluptueuſe, n'obtient-il pas la préférence ?

L'Amant Statue, Opéra-Comique aujourd'hui, fut anciennement Comédie. Réfroidi par les obstacles que rencontre un Débutant, craignant les remises auxquelles il est condamné, ne me sentant point né enfin pour ramper, j'étois résolu de ne le faire représenter que dans une société particuliere, quand la Musique est venue tenter la Poësie, qui grace à la dose honnête d'amour propre dont elle est fournie, a promptement cedé aux instances de sa Sœur.

On ne trouvera peut-être point mauvais que je fasse voir le jour au Prologue suivant, quoiqu'il n'ait pas été joué; c'est un morceau qui me deviendroit inutile, & les Auteurs, on le sçait, n'aiment pas plus que les Coquettes à rien perdre.

PROLOGUE.

ACTEURS.

LA CRITIQUE.

L'AUTEUR.

LA CABALE.

La Scene est sur le Théâtre.

PROLOGUE.

SCENE PREMIERE.

LA CRITIQUE, *tenant un papier.*

A LA Critique.... c'est l'adresse.
Un billet, un billet d'Auteur !
Je n'aurois pas compté sur tant de politesse ;
Voudroit-on me piquer d'honneur,
Et par ce procédé réformer mon humeur ?
Qu'on ne s'en flatte point, j'éplucherai la Piéce....

SCENE II.

LA CRITIQUE, L'AUTEUR.

L'AUTEUR, *un peu troublé.*

Vous voilà, Madame ?

LA CRITIQUE.

Oui, Monsieur.

L'AUTEUR, *à part.*

Elle est exacte.

LA CRITIQUE.

A votre air, je m'en doute,
C'est vous, qui de la gloire osez tenter la route,
N'est-il pas vrai ?

L'AUTEUR.

Juste, pour mon malheur.

LA CRITIQUE, *à part.*

Comment ! Il me semble modeste !
(*Haut.*)
De ne me point tenir, vous aviez donc bien peur ?
A voler ici, je suis preste,
Oh ! je ne rate pas la moindre nouveauté,
Et les billets de tout côté
Manqueroient, que toujours j'en trouve, moi, de reste.
A propos, sûrement vous vous êtes trompé ;
Sûrement vous vouliez écrire à la Cabale ?
Quand on a l'esprit occupé,
On peut. . . .

L'AUTEUR.

De quelle originale
Me parlez-vous ? Je ne la connois pas.

LA CRITIQUE.

(*A part.*) (*Haut.*)
Il ne la connoît point ! Bon ! je la vois paroître,
Vers vous, elle porte ses pas,
Elle va se faire connoître,

SCENE III.

LA CRITIQUE, L'AUTEUR, LA CABALE.

LA CABALE, *à l'Auteur.*

SI Monſieur eſt dans l'embarras,
Ma foi, je n'y ſçaurois que faire.
A quoi penſez-vous ? Sur les bras,
Vous vous mettez une jolie affaire !
De mon étonnement, je ne puis revenir,
Fut-on jamais plus téméraire ?
Débuter ſans me prévenir !
Eſt-ce là le moyen de plaire ?
Votre nom, quel eſt-il ? Le nom fait paſſer tout,
Par tout je le demande, & par tout on l'ignore ;
Plus d'un fat, ſur l'affiche, a dit avec dégoût :
Ah ! c'eſt une *miſere*, & cent choſes encore.
La *bonne compagnie* eſt toute contre vous ;
Vous n'avez point daigné lui lire votre Ouvrage,
Elle en va faire éclater ſon courroux.

LA CRITIQUE, *à demi voix à l'Auteur.*

Craignez-le moins que ſon ſuffrage.

LA CABALE.

A préſent même, un beau parleur
Qui raiſonne de tout, & qu'en tout on admire,
Du premier Ecrivain, le fléau, la terreur,
Contre votre Piéce conſpire.

Du bon goût qu'il offense, il se dit le vengeur,
Sa troupe est prête, & du soin de l'instruire
Dans ces rafinemens, qu'inventa la noirceur,
Il a chargé ma détestable sœur,
Qui ne se plaît qu'à tout détruire.
Ciel! comme on va tousser, cracher, piétiner,
Eternuer, se moucher, bourdonner!
Mais j'empêcherai bien qu'on ne puisse vous nuire,
Nous verrons qui l'emportera,
Vous entendrez le bruit que cette main fera,
Et trente avec, car j'ai ma bande.
Ne perdons pas un seul moment
Vos billets? Que je les répande,
Vite, point de retardement.

L'AUTEUR.

Non, vous êtes trop obligeante.

LA CABALE.

Quand je veux vous servir. . .

L'AUTEUR.

Non, vous dis-je.

LA CABALE.

Eh! Mais? . . .

L'AUTEUR.

Non.

LA CRITIQUE, *à part.*

Quelle peut être sa raison?
L'offre est pourtant satisfaisante!

L'AUTEUR.

Si j'ai quelque succès, je veux le mériter,
Par de pareilles petitesses,
Je rougirois de l'acheter;
Tel est mon caractere.

LA CABALE, *ironiquement.*

Avide de prouesses,
Votre cœur d'un Héros témoigne la vertu,
Courage! prenez patience:
Peut-être que ce soir, cet orgueil abatu,
Se verra réduit au silence.

L'AUTEUR.

Eh! je n'ai point d'orgueil, & ne dis presque rien,
C'est vous, qui de cet entretien...

LA CABALE.

Adieu.

L'AUTEUR.

Partez.

LA CABALE.

Votre refus me pique.

LA CRITIQUE, *à part.*

Il me charme, moi!

LA CABALE.

La Critique
Vous en fera mordre les doigts,
(*En la montrant.*)
Et si vous l'ignorez, c'est elle...

L'AUTEUR.

Je ne l'ignore point.

LA CABALE.

Arrangez-vous.

(Elle sort.)

SCENE IV.

LA CRITIQUE, L'AUTEUR.

LA CRITIQUE.

Je vois
Des signes assûrés de l'ame la plus belle,
Ils me previennent....

L'AUTEUR.

Non, non, soutenez vos droits,
Comme un autre, eh! mon Dieu! je puis faire, Madame,
Méchante Prose & méchans Vers.
Enfin, les qualités de l'ame
Ne garantissent point l'esprit de ses travers ;
Jugez le mien, éclairez moi, j'implore
Toute votre sévérité.
Si vous entrevoyez qu'un beau jour puisse éclore,
De grace seulement que la malignité
N'étouffe point sa foible Aurore ;
Usez de l'Epigramme avec sobriété,
En nous réjouissant son fiel vous deshonore.
Pardon de ma sincérité.

LA CRITIQUE.

Vous même, vous serez témoin de ma conduite.

(Elle regarde sa montre.) *(L'Auteur rêve.)*

Voilà l'heure, montons à votre loge... Quoi!
Vous ne voulez point de ma suite?

L'AUTEUR.

Je songe à ces esprits animés contre moi,
Je ne pénétre pas pourquoi....

LA CRITIQUE.

Eh! laissez....

L'AUTEUR.

Au milieu de ces gens, je vous prie,
Aller plutôt, de la mauvaise foi,
De la fade plaisanterie,
De tout injuste & dangereux effort,
Repousser, s'il se peut, l'affreuse barbarie,
Et qu'on ne me condamne enfin que si j'ai tort.

(Ils sortent ensemble.)

Fin du Prologue.

ACTEURS.

LA FÉE.		Mlle. DESCHAMPS.
ALMIRE.	Eleves de la Fée.	Mlle. NEISSELLE.
AZOR.		M. CLERVAL.
CLOÉ.		Mlle. LUZY.

TROUPE de jeunes Garçons & de jeunes Filles.

La Scene est dans un Bosquet.

L'AMANT STATUE,
PIÉCE EN UN ACTE MÊLÉE D'ARIETTES.

SCENE PREMIERE.
LA FÉE, AZOR.

LA FÉE, *tendrement.*

Zor?

AZOR, *froidement.*

Madame?

LA FÉE.

Regardez-moi.

AZOR.

Que vous plaît-il?

LA FÉE.

Quel air embarassé!

AZOR.

Le Respect. . . . .

LA FÉE.

Ah ! tenez, Azor, ne me parlez point de Respect, je vous prie.

ARIETTE.

Prenez un plus doux langage ;
Le Respect devient outrage,
Quand on le pousse à certain point.
Ce froid témoignage,
N'est guère d'usage,
Que parmi ceux qui n'aiment point.

AZOR.

Quoique vous disiez, je vous en dois, & ne vous en manquerai jamais.

LA FÉE, *précipitamment.*

A la bonne heure.

AZOR.

Il égalera toujours ma Reconnoissance.

LA FÉE.

De la Reconnoissance aussi !

AZOR.

Sans doute ; j'éprouve un plaisir infini à me rappeller toutes les obligations que je vous ai.

LA FÉE.

J'en suis persuadée, mais encore il me semble... Ecoutez, Azor, vous n'êtes plus un enfant ; je crois même que vous le sçavez bien !

AZOR.

Qu'entendez-vous par-là ?

LA FÉE.

Ecoutez, ceci mérite attention. Vous voilà dans l'âge où le cœur commence à ſentir ; c'eſt préciſément pour raiſonner là-deſſus & plus à notre aiſe, que je vous ai conduit dans ce boſquet.

AZOR.

Je vous remercie de la complaiſance. . . .

LA FÉE.

Allons donc, vous vous moquez : eſt-ce qu'il faut prendre tout au ſérieux comme cela ?

AIR, *Des Folies d'Eſpagne.*

Je ne ſuis point une femme chagrine,
Mon air, mon âge en impoſent-ils tant ?
Je ne hais pas qu'avec moi l'on badine,
Et je permets un écart innocent.

AZOR.

Ne m'avez-vous pas prévenu que ce que vous alliez me faire l'honneur de me dire méritoit attention ?

LA FÉE.

Oui, mais il y a attention & attention. Vous n'avez point à faire ici à un Précepteur ; Vous voilà, Je le répete, dans l'âge où le cœur commence à ſe développer, à ſentir, c'eſt le terme ; cet âge eſt environné d'écueils, l'intérêt que je prends à ce qui vous regarde, me fait trembler pour vous, mon cher Azor ! (*très-tendrement.*) L'amour eſt de toutes les paſſions la plus agréable, la plus ſéduiſante, la plus difficile à fuir ; Eh ! pourquoi la fuir au reſte ? Vous voyez que ſi je raiſonne, au moins ce n'eſt pas en Pédant. Ce ſeroit une folie de rejetter les roſes, parce qu'on auroit eu la maladreſſe de ſe piquer aux épines.

ARIETTE.

Souvent heureux, ſouvent fatal,
L'Amour eſt un bien, eſt un mal.
Il eſt tyran de qui le brave,
Envain un cœur rebelle & le cherche & le fuit,
A ſon tour il le fuit.
S'offre-t-on à ſes coups, ſe rend-t-on ſon eſclave ?
Il nous careſſe, il nous ſourit,
Et s'il nous bleſſe il nous guérit.
Souvent heureux, ſouvent fatal,
L'Amour eſt un bien, eſt un mal.

Cela eſt exactement vrai : il eſt plein de douceurs, il eſt plein de peines, le tout dépend du choix.

AZOR.

Mais, Madame, dans cette occaſion le choix eſt-il à notre volonté ?

LA FÉE, *le fixant.*

Azor ! eſt-ce que vous en auriez fait un ?

AZOR.

Je vous demande ſeulement. . . . .

LA FÉE.

Vous n'êtes pas naturel . . . . Je ſouhaite me

tromper. Oui, sans contredit le choix est libre; on peut, j'en conviens, se laisser d'abord éblouir: de beaux yeux, une jolie bouche, une taille déliée, par dessus tout celà un petit vernis de coquetterie, il n'en faut pas plus pour tourner la tête d'un jeune homme; mais s'il a de l'esprit, comme vous, il doit réfléchir, il doit avant de s'engager, examiner le fond du caractere.

AZOR, *vivement.*

Oh! son caractere est parfait!

LA FÉE, *vivement aussi.*

De qui?

AZOR, *tranquillement.*

De vous, Madame.

LA FÉE.

Pourquoi tout-à-coup changer de ton?

AZOR.

J'appréhendois que vous ne vous offensassiez de l'autre.

LA FÉE.

AIR: *Jardinier ne vois-tu pas?*

M'en offenser? nullement,
Au contraire, au contraire;
C'est par votre attachement;
Que vous pourrez, mon enfant,
Me plaire, me plaire, me plaire.

Il est vrai que pour le caractére je l'ai, sans vanité, assez bon: vous l'avez donc remarqué?

AZOR.

Oui, Madame.

LA FÉE.

Dites donc cela autrement.

AZOR, *plus froidement.*

Oui, Madame.

LA FÉE.

C'eſt encore pis. (*à part.*) Il eſt démontant !

AZOR, *à part.*

Elle eſt aſſomante !

LA FÉE.

Je vous conſeille, Azor, de vous défaire de votre timidité, il n'y a rien au monde de ſi impatientant, je vous en avertis. Reprenons notre petite leçon, où en étois-je ? Car vous m'avez troublée.

AZOR.

Vous en étiez ſur le caractére.

LA FÉE, *avec dépit.*

Vous avez une préſence d'eſprit admirable !... Le caractére donc fait, ou le bonheur, ou le malheur de la vie, & apprenez que toutes les femmes en ont un mauvais.

AZOR.

Quoi, toutes ?

LA FÉE.

Preſque toutes au moins.

AZOR.

Quelle idée vous vous formez de votre ſexe !

LA FÉE.

Une idée juſte, c'eſt à la lettre ; n'allez-vous pas prendre ſa défenſe ?

AZOR.

Je connois pourtant. . . . . .

LA FÉE, *avec emportement.*

Vous connoiſſez ? Vous êtes un grand connoiſſeur, je crois ! Eh ! bien, nommez-moi . . . . . Je ſuis curieuſe. . . . .

AZOR.

Je n'ai garde de vous fâcher davantage.

LA FÉE.

Vous ſentez donc que vous me fâchez ? Tant mieux, j'en ſuis bien aiſe. Mais ceſſons toute diſpute, vivons tranquilles, mon cher Azor ! Je ne dis plus qu'un mot : ſi vous avez à vous attacher, que ce ſoit à une femme faite, c'eſt la ſeule capable de reſſentir un véritable amour ; vous n'avez point de caprices, de mauvaiſes humeurs, d'infidélités à eſſuyer de ſa part.

ARIETTE.

Toujours complaiſante,
Toujours amuſante,
Elle devine & remplit vos déſirs ;
Pour vous ſa tendreſſe,
Invente ſans ceſſe,
De nouveaux plaiſirs.

Nulle migraine,
Nulle vapeur.
Contre le penchant qui l'entraîne,
L'Orgueil ne l'arme point d'une feinte rigueur.
Plus Sujette que Reine,
Sa conquête surtout n'est jamais incertaine.
En cédant même à son vainqueur,
Elle ne croit faire que son bonheur.

Toujours complaisante,
Toujours amusante,
Elle devine & remplit vos desirs;
Pour vous sa tendresse,
Invente sans cesse,
De nouveaux plaisirs.

Vous ne vous imaginez pas, sans doute, qu'un Amant reste éternellement vis-à-vis de sa Maîtresse à la contempler ou à l'embrasser, un Mari vis-à-vis de sa Femme encore moins? On parle, or quel entretien voulez-vous avoir avec de jeunes étourdies qui disserteront une journée entiere sur un *Pompon*? Quelle confiance même dans leurs sentimens, quand on remarque une envie de plaire si générale? Une femme qui n'a plus heureusement cet esprit de vertige & de dissipation, une femme ni trop sérieuse ni trop enjouée, une femme mûre enfin est le fait d'un homme sans expérience; elle le forme, ses discours sont ceux de la Raison, mais de cette Raison qui inspire plus de tendresse que de respect; ses graces sont plus éloquentes, plus persuasives, pourquoi? Parce qu'elles ont acquis une certaine majesté, d'où je conclud qu'une femme de cette espéce fait cent fois plus d'honneur, sans compter mille autres avantages. En voilà assez, il ne faut pas non plus vous gêner, je vais donner quelques ordres dans mon Palais : Adieu Azor.

AZOR, *moins froidement.*

Adieu, Madame.

LA FÉE.

Ce ton-là eſt mieux, par exemple. (*très-tendrement,*) Azor.... adieu.

AZOR, *ſouriant & du même ton.*

Madame.... adieu.

LA FÉE.

A merveille! Nous ferons quelque choſe de vous.

(*Elle ſort.*)

SCENE II.

AZOR.

M'EN voilà délivré à la fin.

ARIETTE.

Elle revient, me ſemble,
Je friſſonne, je tremble.
Eh! mais, mais quelle ardeur!
Peſte ſoit de la folle,
Elle m'agace, me cajolle,
Et ne m'inſpire que froideur.

Elle croit mon adieu dicté par la tendreſſe,
C'eſt un mouvement d'allégreſſe,
Qui naît du plaiſir,
De la voir partir.

Je ne pourrai jamais m'en débarrasser entierement. . . . . Comme mon cœur s'est échappé devant elle ! Je pensois à ma chere Almire. . . . . je l'apperçois : que notre entretien sera différent !

SCENE III.

AZOR, ALMIRE.

AZOR.

Toujours charmante !

ALMIRE.

Ah ! pas tant que vous, Azor.

AZOR, *à part & avec transport.*

Quelle ingénuité !

ALMIRE.

Comment vous portez-vous ?

AZOR.

Comme tous les jours que je vous vois, & vous, belle Almire ?

ALMIRE.

Et moi de même.

AZOR.

Est-il bien vrai ?

ALMIRE.

ARIETTE.

A votre avis,
Est-ce que je suis,

Une trompeuſe,
Une menteuſe?
Fi!
Le trait n'eſt pas joli.

Votre demande me chagrine,
(*Elle le tire par la main.*)
Regardez-moi,
Monſieur : ai-je la mine
De mauvaiſe foi?

AZOR.

Quoi! Je ſerois aſſez heureux pour que vous déſiraſſiez quelquefois ma préſence?

ALMIRE.

Bon! Quelquefois? Toujours. Qu'eſt-ce qu'il y a donc là de ſi extraordinaire?

AZOR.

Vous m'enchantez! Mais.... non.

ALMIRE.

Mais oui; pourquoi m'obſtiner ainſi?

AZOR.

Je m'abuſe.

ALMIRE.

Voyons, parlez-moi.

AZOR.

Ah! Almire, vous êtes bien jeune!

ALMIRE.

Et à cauſe que je ſuis bien jeune, vous vous abuſez?

AZOR.

Je le crains. Il eſt des inſtans où je me figure que vous m'aimez....

ALMIRE.

Je vous aime auſſi.

AZOR.

Non.

ALMIRE, *avec impatience.*

Pour cela ſi, je le ſçais mieux que vous, Azor ! Demandez plutôt à ma bonne à qui je l'ai dit.

AZOR.

Vous le lui avez dit ?

ALMIRE.

Apparemment. Il n'y a que quand je fais mal que je le cache.

AZOR.

Et que vous a-t-elle répondu ?

ALMIRE.

Cent choſes que j'ai oubliées ; elle m'a d'abord grondée, voyez à propos de quoi ! Son humeur eſt ſouvent bien déplaiſante.

AZOR.

Oh ! furieuſement !

ALMIRE.

Eſt-ce qu'elle ne m'a pas défendu de vous aimer, ordonné de vous fuir, remontré que ceci, que cela n'étoit pas beau à moi, que sçais-je? Mais je ne peux pas lui obéir; c'est inutile, je vous verrai tant que vous voudrez, & je vous conserverai toujours mon amitié.

A Z O R, *tristement.*

ARIETTE.

Ah! l'amitié
N'est pas le sentiment que mon ame desire!
Par des nœuds plus flatteurs, moi, je vous suis lié.
Vous ignorez le bien où votre Amant aspire;
Ah! l'amitié
Ne me rend heureux qu'à moitié.

A L M I R E.

Eh bien! dites tout de suite ce qu'il vous faut; si je pouvois le deviner!.. Vous êtes gai, puis vous êtes triste.

A Z O R.

C'est que je vous aime.

A L M I R E.

Je ne suis point comme cela, moi.

A Z O R.

C'est que vous m'aimez différemment.

A L M I R E.

Je ne le crois pas; après tout, il est très-aisé de finir la dispute; dites-moi comme vous m'aimez, & je vous dirai à mon tour comme je vous aime.

A Z O R.

Je le sçais, Almire, vous m'aimez d'amitié.

ALMIRE.

Et vous, Azor, de quoi donc ?

AZOR.

D'amour.

ALMIRE.

Oh ! des chicanes encore !

AIR : *Ne vla-t-i pas que j'aime ?*

Hélas ! vous me faites pitié,
Quel chagrin est le vôtre ?
Aimer d'amour ou d'amitié :
L'un ne vaut-il pas l'autre ?

Je gage que c'est la même chose.... Où est la Chanson que vous m'avez promise ?

AZOR, *tirant un papier.*

La voici.

ALMIRE.

Apprenez-m'en l'air.

AZOR.

Nous la chanterons tantôt.

ALMIRE.

Non, Azor, à présent.

AZOR.

Soit : il faut vouloir ce que vous voulez.

AIR : *Des Sabotiers Italiens.*

(*Pendant qu'Azor chante, Almire l'accompagne à voix basse, comme quelqu'un qui veut apprendre un air.*)

Du plus beau feu,
Recevez l'aveu ;

Y résister ! Le peut-on ?
Non.
L'on est souvent
Dupe d'un amant ;
Mais j'aime de bonne foi,
Moi.
Que votre cœur
Couronne ma tendre ardeur ;
Ou qu'à jamais,
D'Amour il brave les traits,
Je vous dirai
Tant que je vivrai :
Quel est mon bien le plus doux ?
Vous.

ALMIRE.

AIR : *Com' v'la qu'est fait.*

Je suis sûre de ma mémoire,
Ce soir, je la repasserai,
Et demain, vous pouvez m'en croire,
Seule, je vous la chanterai.

AZOR.

Songez au feu qui me dévore,
Songez-y, surtout, songez-y !

ALMIRE.

Répétons, répétons encore,
Tu m'en vois le cœur tout ravi.

AZOR, *lui serrant le bras de joie de s'entendre tutoyer.*
Almire !

ALMIRE, *achevant l'air.*

Ah ! que c'est joli ! (*Bis.*)
Mais tenez ! Ne voila-t-il pas la Fée que j'entends !

AZOR.

Ciel !

ALMIRE.

Je vous dis, on ne peut pas être un moment tranquille avec elle ; je me sauve.

AZOR, *voulant l'arrêter.*

Ma chere Almire !

ALMIRE.

Je reviendrai, je reviendrai.

(*Elle sort.*)

SCENE IV.

AZOR, LA FÉE.

AZOR, *à part.*

INsupportable Fée !

LA FÉE, *à part, en avançant.*

Il parle de moi, je crois ! (*Après avoir regardé par-tout.*) Vous êtes seul, Azor ?

AZOR.

Vous le voyez.

LA FÉE.

Je me suis hâtée le plus qu'il m'a été possible,

afin de venir vous retrouver ; je vous ai déjà cherché aux environs, soit dit sans reproche, je m'apperçois que vous affectionnez ce lieu-ci ; il est agréable, n'est-il pas vrai ?

AZOR.

Oui, Madame.

LA FÉE.

Depuis ? .... Eh ! bien, faut-il vous soufler ? Depuis que vous y êtes, voilà ce qu'un homme un peu galant ajouteroit.

AZOR.

Pardon ! je ne suis guere maître de moi.

LA FÉE, *à part & gaiement.*

Commencement d'amour ! (*haut.*) je veux pourtant que vous ayiez un air plus libre.... Comme vos cheveux sont défaits ! (*Elle les lui raccommode.*)

AZOR.

La parure n'est pas ce qui m'occupe.

LA FÉE.

Mais tantpis, l'Amour est ordinairement coquet.

AZOR, *par distraction.*

Le mien n'est que tendre.

LA FÉE.

ARIETTE.

Ce que j'entends me flate,
Et je n'en serai point ingrate,

Mais mon cœur tout-à-fait,
N'eſt pas encor ſatisfait.
Ce que je vois a droit de me ſurprendre,
Votre air, votre maintien,
Avec un propos tendre,
Ne s'accordent pas bien.

Allons, ſortez de cette rêverie mélancolique : en préſence de l'objet qu'on aime, elle eſt hors de ſaiſon.

AZOR.

Madame.....

LA FÉE.

Plus de Madame, s'il vous plaît, ce nom eſt trop ſérieux, ainſi que celui d'Azor .... Attendez que je vous en cherche un ..... Cherchez auſſi de votre côté.

AZOR, *à part.*

Quelle gêne !

LA FÉE, *vivement.*

Vous l'avez déjà trouvé ? Ne me le dites pas encore. (*A part.*) C'eſt *ma Reine*, je l'ai entendu. (*Après une courte pauſe.*) *Mon Roi*, oui, je m'en tiens à celui-là, *mon Roi*, rien n'eſt au-deſſus : eſt-il de votre goût ?

AZOR, *avec tous les ſignes de l'embarras.*

Madame.....

LA FÉE, *avec indignation.*

Madame, Madame..... Oh ! cela eſt laſſant à la fin ! Que faut-il faire de plus ? J'aide ſa timidité, je le préviens, je tire de lui un mot comme je je le veux, je l'en félicite, je pense qu'il va continuer, & il s'arrête . . . . . Mais parlez-moi : vous ne m'aimez donc point ?

AZOR.

Moi, ne vous point aimer ! Le Ciel m'est témoin que je vous suis attaché autant . . . qu'un fils l'est à sa mere.

LA FÉE.

La sotte comparaison ! Enfin me voilà éclaircie, j'étois bien bonne ! Tu aimes, & ce n'est pas moi ! Tremble ! Tu n'ignores point ma puissance ; je ne t'en dis pas davantage.

SCENE V.

AZOR, LA FÉE, ALMIRE.

ALMIRE.

AH ! ma Bonne ! excusez : j'ai cru que vous m'appelliez.

LA FÉE.

Depuis quand êtes-vous si obéissante ? (*Elle regarde tour-à-tour Azor & Almire.*)

AZOR, *à part.*

Elle va la quereller ! (*Haut.*) Permettez que je me retire.

LA FÉE.

Il est encore tems, Azor, faites vos réflexions, entendez-vous ?

ALMIRE.

Surquoi, ma Bonne ?

LA FÉE.

Vous êtes bien curieuse. (*A Azor.*) allez. (*Azor s'éloigne & revient en regardant toujours Almire.*)

ALMIRE.

Pourquoi est-ce qu'il ne reste pas ? Il y a quelque chose là-dessous.

LA FÉE.

Point tant d'interrogations ; je vous défends... (*Se retournant & appercevant Azor.*) Allez donc. (*Après qu'il est sorti.*) Je vous défends plus expressément que jamais de voir Azor.

ALMIRE.

Azor ?

LA FÉE, *en appuyant.*

Oui Azor.

ALMIRE.

Il ne m'a pourtant rien fait, je vous assûre.

LA FÉE.

AIR : *Des Trembleurs.*

Quoi ! vous raisonnez, je pense,
Avec votre air d'innocence,
Taisez-vous, quelle insolence !
Mon cœur devient furieux,
Ma raison que je réclâme,
Dans le dépit qui m'enflâme,
Ne fait qu'irriter mon âme ;
Retirez-vous de mes yeux.

ALMIRE.

Vous m'épouvantez ! Je ne comprends pas .... Azor eſt ſi bon, ſi doux ! .... Je vais lui parler, il me contera tout, & je le forcerai à venir vous demander pardon.

LA FÉE.

Arrêtez ! jugez vous-même cet Azor ! après toutes les bontés que vous ſçavez que j'ai eues pour lui, croiriez-vous, Almire, qu'il ne m'aime point ?

ALMIRE.

Oh ! ma Bonne, ſi cela étoit, je ne l'aimerois plus, moi, mais. . . . .

LA FÉE.

Si je vous ordonne de le fuir, c'eſt plutôt pour vous encore que pour moi.

ALMIRE.

Ah ! bien, puiſque ce n'eſt pas tant pour vous, laiſſez-moi, je vous prie. . . . . .

LA FÉE.

Ne ſoyez point ſi vive.

AIR : *Comme une Fleur.*

L'Homme eſt trompeur,
Près d'une Belle,
Il brûle, il étincelle,
Il ſemble tout cœur,
C'eſt un malheur,
Quand ſa tendreſſe,
Nous intéreſſe . . . .
L'Homme eſt trompeur.

ALMIRE.

Azor ne le sera point, car il m'a dit cent fois pis que cela de tous les hommes, c'est bien vilain à eux toujours.

LA FÉE.

Méfiez-vous de lui, c'est pour mieux vous tromper qu'il s'excepte, & j'en serois au désespoir, car je vous chéris ! (*à part.*) Je n'y puis plus tenir, sortons. (*Haut.*) Demeurez ici, Almire, & promenez-vous.

ALMIRE.

Vous allez le chercher, vous ne voulez point me dire quelle affaire vous avez avec lui, mais ne e chagrinez pas au moins, je vous réponds encore un coup, ma Bonne, qu'il vous aime bien.

LA FÉE, *à part.*

J'étouffe !

(*Elle sort.*)

SCENE VI.

ALMIRE.

IL m'aime davantage sûrement ; c'est ce que je veux qu'elle ignore. Elle est un peu jalouse à ce qu'il me paroît.

ARIETTE.

Il est si charmant,
D'avoir un Amant !

C'eſt à tout moment,
Nouvel empreſſement.

Sans qu'on lui commande,
Il obéit, va, court, revient,
La peine la plus grande,
Jamais ne le retient;
Veut-on quelque choſe ? On l'obtient,
Et même avant qu'on le demande.

Il eſt ſi charmant,
D'avoir un Amant!
C'eſt à tout moment,
Nouvel empreſſement.

Pourvû qu'elle n'aille point retenir Azor toute la journée!..... Ecoutons!.... C'eſt lui-même, je reconnois ſon pas: couchons-nous ſur ce gazon & faiſons ſemblant de dormir pour voir ce qu'il fera.

(*Elle ſe couche dans le fond du théâtre ſur un gazon.*)

SCENE VII.

ALMIRE AZOR.

AZOR, *l'appellant doucement.*

ALmire!.... Almire!.... Elle dort; reſpectons ſon ſommeil.... Quelle attitude! Qu'elle eſt raviſſante!.... La délicieuſe haleine!.... Si j'oſois...... j'ai trop d'amour!.... Eſt-ce qu'un baiſer?.... Non.... cependant.... Ah! j'aimerois mieux mourir que de l'effrayer.

ARIETTE.

Heureuſe verdure!
Spectacle féducteur!
Jamais la Nature
Fit-elle rien .... rien de plus enchanteur?

A Flore elle-même,
Ce gazon fortuné ſert de trône en ce jour;
Volez Zéphirs, volez avec l'Amour,
Procurez un doux frais à la Beauté que j'aime.

Ses yeux .... ſes bras ...
Comme elle reſpire!
Comme je ſoupire!
Que de tendreſſe & que d'appas!
Heureuſe verdure!
Spectacle féducteur!
Jamais la Nature
Fit-elle rien .... rien de plus enchanteur?

Hélas! ſa préſence me fait oublier toutes mes peines.... Dormez, Almire, dormez, je ne vous reveillerois que pour vous attriſter vous-même. (*La Fée qui ſurvient en ce moment, touche par derriere Azor de ſa baguette : il reſte immobile & elle ſe retire.*)

ALMIRE.

Qu'eſt-ce qu'il y a donc encore de nouveau? (*Elle ſe releve.*) Azor! ... Mon cher Azor! ... Ah! Ciel! Il parloit & chantoit tout-à-l'heure.... Azor! .... Que je ſuis malheureuſe! .... Je crois qu'il vient de remuer. (*Elle met la main ſur ſon cœur.*) Son cœur bat. (*Elle touche ſe lévres.*) Pourquoi eſt-ce que ſa bouche ne s'ouvre plus? Azor! C'eſt Almire qui t'appelle! ... Mais qui eſt-ce qui peut l'avoir réduit en cet état?

SCENE VIII.

AZOR *immobile*, ALMIRE, LA FÉE.

LA FÉE.

C'Eſt moi.

ALMIRE.

Eſt-il poſſible ? Ma Bonne, que vous êtes mauvaiſe !

LA FÉE.

Et il n'en ſortira point, à moins que deux cœurs innocens dans leurs vœux, & naturels dans leur amour ne ſe trouvent.

ALMIRE.

Ils ſont tout trouvés.

LA FÉE.

Il n'eſt pas queſtion des vôtres. Nous ſommes dans un ſiécle où la punition m'a l'air d'être éternelle.

ALMIRE.

Quoi ! vous auriez la dureté .... Mais à quel propos ?

LA FÉE.

Oh ! voilà vos queſtions qui reviennent ! A quel propos ? Parce que cela me plaît.

ALMIRE.

Quand vous devriez ne pas ceſſer de gronder,

ma Bonne, il faut que je vous demande encore une chose.

LA FÉE.

Volontiers, ma chere enfant, dès que je suis satisfaite, je suis la meilleure femme du monde: Qu'est-ce que c'est ?

ALMIRE.

Azor entend-t'il ?

LA FÉE.

Vraiment oui, cela entre dans ma vengeance, je ne l'ai privé que de la parole & du mouvement.

ALMIRE, *courant à Azor.*

Azor, je vous aimerai toujours.

LA FÉE.

Aimez, aimez une Statue, j'y consens.

ALMIRE, *revenant avec colere.*

Cruelle !

LA FÉE.

Point d'emportement.

ALMIRE.

Vous vous plaisiez autant que moi à lui parler, & il ne vous répondra pas non plus, là.

LA FÉE.

Non ? vous l'allez voir.

(*Elle touche Azor de sa baguette, il va pour marcher vers Almire, il se sent arrêté, & retourne à la Fée.*)

ALMIRE.

Il vouloit venir à moi.

AZOR.

O Dieux !

LA FÉE.

Vos réflexions sont-elles faites ?

AZOR.

AIR : *La mort de mon cher pere.*

Du plus affreux des charmes,
Détruisez la rigueur,
Voyez couler mes larmes ;

LA FÉE, *impérieusement.*

Donnez-moi votre cœur.

AZOR.

D'un légitime hommage,
Pouvez-vous me blâmer ?
Almire est votre ouvrage :
Elle a dû m'enflâmer.

ALMIRE.

Vous résistez à cela ma Bonne ? Il a raison, je vous suis redevable de tout ce qui a pû lui plaire, & c'est vous qu'il aime en moi.

LA FÉE.

AIR : *C'est une excuse.*

Vous voulez le justifier,
Mais par un détour si grossier ;
Croyez-vous qu'on m'abuse ?
N'en attendez aucun succès,
Non, je ne goûterai jamais,
Pareille excuse.

AZOR.

Arrachez-moi donc la vie ! Que vous êtes injuste ! mais pardonnez à ma douleur ; je vous offense, & je brûle de vous fléchir.

LA FÉE, *à part.*

Ce que c'est que d'aimer ! L'Ingrat m'attendriroit si je n'y prenois garde.

AZOR, *tournant avec beaucoup de peine sa tête du côté d'Almire.*

Alm. . . .

LA FÉE.

D'où vient donc qu'il n'acheve pas ?

ALMIRE.

Oui, raillez-moi encore.

AZOR, *à la Fée.*

Vous m'enviez jusqu'à la douceur de prononcer le nom de celle qui m'est chere.

ALMIRE, *d'un ton de jalousie, & mettant sa main devant la bouche d'Azor.*

Ne lui parlez point, Azor !

LA FÉE.

Parlez-lui, vous, tant que vous voudrez, je vous laisse ensemble ; je compte beaucoup, comme vous voyez, sur votre sagesse. (*en le retouchant de sa baguette.*) Réfléchissez.

(*Elle sort.*)

SCENE IX.

AZOR *immobile*, ALMIRE.

ALMIRE.

PAuvre Azor!... Pauvre Almire!.... Il n'est point changé, je retrouve ses mêmes traits, ses mêmes yeux! Qu'il doit souffrir! Il m'entend & il ne peut pas me répondre!... (*Dans la coulisse.*) Barbare! allez, je vous hais autant que je vous ai aimée, & dès ce moment-ci vous n'êtes plus ma Bonne.

ARIETTE.

Je n'aurois jamais crû qu'elle fût si méchante;
Mon Azor faisoit tout mon bien,
A présent rien ne me tente,
Rien, ce qui s'appelle rien.

Est-il un sort plus terrible?
Rêvons par où je pourrai....
C'est une chose impossible!
Je n'y tiens pas, j'en mourrai.

(*Avec fureur.*)
Mais quel traitement horrible!
(*Tristement & tendrement.*)
Et que j'y suis sensible!
Hélas! un monstre aussi noir,
Devroit-il avoir
Tant de pouvoir?

Je n'aurois jamais crû qu'elle fût si méchante?
Mon Azor faisoit tout mon bien,
A présent rien ne me tente,
Rien, ce qui s'appelle rien.

Azor ! . . . Je m'imagine toujours qu'il va me parler . . . . Son cœur me dit les plus jolies choses du monde, j'en ſuis ſûre ! . . . . Si je connoiſſois une Fée plus puiſſante ! Car enfin il ne ſçauroit reſter toute ſa vie comme cela, ni moi non plus. Je n'ai que trop retenu ſa malheureuſe prédiction ; „ Il ne ſortira point de cet état à moins que deux „ cœurs innocens dans leurs vœux & naturels dans „ leur amour ne ſe trouvent « . . . Cherchons ; J'ai ici quelques bonnes amies qui n'ont point encore aimé & qui me paroiſſent franches, il ne s'agit plus que de ſçavoir s'il y a des jeunes gens comme Azor . . . . Oh ! il n'y en a pas, & puis cela ſeroit trop long. Comment donc faire ?

SCENE X.

AZOR *immobile*, ALMIRE, CLOÉ.

CLOÉ.

BOn jour, Almire.

ALMIRE, *douloureuſement.*

Bon jour Cloé : venez-vous me conſoler ? Vous voyez l'embarras où je ſuis. (*Elle lui montre Azor.*)

CLOÉ.

On diroit qu'il eſt mort.

ALMIRE.

Il voudroit l'être auſſi bien que moi.

CLOÉ.

La Fée m'envoye t'avertir qu'elle va venir avec toutes nos Compagnes, ... ;

ALMIRE.

Pour s'amuſer à mes dépens, voilà de ſes tours! Pendant que nous ſommes ſeules, écoute ! (*à part.*) Je ne riſque rien d'eſſayer. (*Haut.*) Dis-moi, gentille comme tu es, eſt-ce que tu ne veux jamais aimer ?

CLOÉ.

J'en ſerois aſſez d'humeur, mais ton Amant m'effraye, il n'auroit qu'à en arriver autant à celui que je choiſirois.

ALMIRE.

Non, non, ces choſes-là ne ſont faites que pour moi; tu es trop aimable pour qu'on ne t'aime point, rien n'eſt ſi affreux que d'être ingrate, rien n'eſt ſi vilain que de tourmenter quelqu'un que d'un ſeul mot on peut rendre heureux. Allons, ma petite chere amie, ne réſiſte plus.

CLOÉ

Quel intérêt prends-tu à ce que j'aime ?

ALMIRE.

Un très-grand. D'abord, le plaiſir de te ſçavoir contente, car on ne l'eſt pas ſans cela.

CLOÉ.

L'es-tu aujourd'hui, toi ?

ALMIRE.

Sans doute, j'eſpere toujours....

CLOÉ.

Dans la poſition où tu es, il me ſemble que tu ne devrois t'occuper que d'Azor.

ALMIRE.

Veux-tu que je te le diſe ? C'eſt pour lui-même que je te preſſe tant d'aimer.

CLOÉ.

Je m'en doutois, & j'en ſuis ſi peu fâchée que je ferai tout pour toi.

ALMIRE, *très-vivement.*

Tu as donc quelqu'un en vue ? Prens bien garde : ſera-t-il ſincere, innocent, fidéle ? ...

CLOÉ.

Ne t'inquiete point.

ALMIRE.

C'eſt qu'au moins, c'eſt à ces conditions-là...

SCENE XI ET DERNIERE.

LES ACTEURS PRÉCÉDENS, LA FÉE,

TROUPE *de jeunes Garçons & de jeunes Filles.*

LA FÉE.

EH ! bien, Almire ? Azor eſt-il vif, empreſſé, vous dit-il de jolies choſes ? ... Vous boudez ! Ce n'eſt gueres reconnoître ma complaiſance, je crains que vous ne vous ennuyiez, je vous envoye Cloé...

ALMIRE, *lui tournant le dos.*

Laiſſez-moi, Madame.

LA FÉE.

Madame ! c'eſt tout de bon.

CLOÉ, *à la Fée.*

Sçavez-vous que vous n'êtes pas mal méchante ?

LA FÉE.

Cloé s'en mêle auſſi ! Pour faire ceſſer toutes plaintes, allons, un petit Divertiſſement !

ALMIRE.

AIR : *Que je vous donne.*

Ma chere Bonne,
Mieux que moi vous ſçavez charmer,
Ma chere Bonne,
C'étoit vous qu'il falloit aimer ;

Mais notre cœur, sans qu'il raisonne,
Sans doute se laisse enflâmer,
Ma chere Bonne.

LA FÉE.

Vous nous conterez tout cela dans un autre tems.

ALMIRE.

AIR : *des Pendus.*

Je m'abandonne toute à vous,
(*Elle se jette aux genoux de la Fée.*)
Voyez votre Fille à genoux.
Elle implore votre clémence,
Faites finir notre souffrance :
Rendez, rendez à mon Amant
La parole & le mouvement.

CLOÉ, *se jettant aussi aux genoux de la Fée.*

Oui, tréve à la vengeance; qu'Azor soit du Divertissement !

LA FÉE, *ironiquement.*

Il ne sçait pas danser.

CLOÉ, *se relevant, & avec fierté.*

Il nous regardera donc. (*Cloé va toucher Azor qui court à Almire, la releve & l'embrasse.*)

LA FÉE.

Que vois-je ?

ALMIRE.

Azor !... Cloé !.... Ma Bonne !

AZOR,

AZOR.

Almire ! . . . . (*Il l'embrasse encore.*)

LA FÉE.

Quel pouvoir en ces lieux? . . . .

CLOÉ, *montrant un petit arc & des fléches qu'elle tenoit cachés.*

Celui de l'Amour. J'ai pris pour te surprendre les traits, l'habit & le nom d'une jeune Fille, j'ai permis un libre cours à tes persécutions, j'étois curieux d'éprouver la noirceur de ton caractere, je fais justice enfin, j'unis un couple charmant, & à toi, je te laisse ta passion pour Azor.

ALMIRE.

Amour, il ne faut pas.

L'AMOUR, *à la Fée.*

Vois-tu sa douceur? Sois tranquille puisqu'Almire le souhaite.

LA FÉE.

ARIETTE.

Ministres de mon courroux,
Fiers soutiens de ma puissance,
Perdez qui m'outrage & m'offense,
Accourez, hâtez-vous!
En vain je ménace, j'ordonne,
A mes vœux, à ma voix, à mes cris ils sont sourds.

Contre le Dieu qui les étonne,
N'est-il donc point de secours?
Contre le Dieu qui les étonne,
Je trouverai du secours.
Elle sort.)

L'AMOUR, *à Almire & à Azor.*

Rassûrez-vous, & ne redoutez rien de sa fureur, tant que vous ne vous éloignerez point de moi. (*à la Suite de la Fée, qui veut sortir.*) Vous! restez, s'il vous plaît, pour nous exécuter le petit Divertissement commandé par la Fée.

D U O.

AZOR, ALMIRE.

CElébrons de l'Amour
L'éclatante victoire,
Unissons-nous pour chanter tour-à-tour
La fin de nos tourmens, ses bienfaits & sa gloire.

Dans le sein des tendres plaisirs,
Paisible, satisfait, mon cœur s'élance & nage,
La seule Joïe enfante mes soupirs,
Et de mes feux ils sont le gage.

Ne crains pas que jamais je devienne volage:
C'est à toi
Que j'engage
Ma foi.
(*On danse.*)

VAUDEVILLE.

AZOR, à *Almire.*

EN me ſentant toucher par vous,
Et de tendreſſe & de courroux
Mon ame étoit émue ;
Quand la Maîtreſſe a tant d'appas,
Almire, quel ſuplice, hélas !
D'être un Amant Statue !

ALMIRE, à *Azor.*

Vos yeux ont été les témoins
De mon déſeſpoir, de mes ſoins ;
De ma flâme ingénue ;
Ma peine fut plus grande encor,
(*Azor lui baiſe la main.*)
Mais ce baiſer prouve qu'Azor
N'eſt plus Amant Statue.

L'AMOUR.

Qu'un jeune Galant, fait au tour
Se préſente & parle d'amour,
Fillette s'évertue,
D'Hymen ce n'eſt pas là le train ;
Près d'un Mari bruſque & chagrin,
Une Femme eſt Statue.

AZOR, *à l'Amour.*

L'Hymen & l'Amour en commun,
De nos deux cœurs ne feront qu'un;
C'est affaire conclue.
(*Montrant Almire.*)
Sur ses regards j'en fais serment,
L'Amant, non plus que l'Amant,
Ne sera point Statue.

ALMIRE, *au Parterre.*

Entre l'espoir & la frayeur,
Un début fait floter l'Auteur.
L'Acteur craint votre vue;
Si vous ne battez pas des mains,
Comme vos Arrêts sont certains,
C'est la double Statue.

FIN.

LU & approuvé ce 10 Septembre 1759. CREBILLON.

VU l'Approbation : Permis d'imprimer, à la charge d'enregistrement à la Chambre Syndicale, ce 15 Septembre 1759. BERTIN.

Registré la présente permission sur le Registre de la Communauté des Libraires & Imprimeurs de Paris, N°. 3799. conformément aux anciens Réglemens, confirmés par celui du 28 Février 1723. A Paris ce 19 Septembre 1759.
Signé, SAUGRAIN, *Syndic.*

www.ingramcontent.com/pod-product-compliance
Ingram Content Group UK Ltd.
Pitfield, Milton Keynes, MK11 3LW, UK
UKHW021132230726
13926UKWH00002B/741